ユプシロン No.2

Υ　ユプシロン　第2号

# 一分動画

小林かんな

佐保姫でありしよ谷を出るまでは

十石の重さにへこむ春の水

遠足の先生二秒全速力

出番まで布巾を被る桜鯛

蝶の昼一分動画くり返す

魚島時女八人置いてきし

麦秋や空の瓶ある静物画

かたつむり駅は遠くへ行くところ

天球図切子に梅の実の残る

ガムランの中目覚めたり水無月の

野良猫を罵しる声か巴里祭

ハンカチに十五番目の石包む

いちにちの果て月光を着たる滝

とりあえずタオルでくるむ稲光

切れ長の眼もらいぬ新生姜

秋扇畳みふんわり向き直る

鶏頭花自画像の筆しばし置き

訪れむ百度萩に脛打たれ

芋虫の空を仰いで固くなる

マネキンの後ろより人出る良夜

しゅうしゅうと噴いて静かになる秋刀魚

竜田姫素のままひらく衣紋掛

下り簗たぎる白さに再会す

秋の虹記憶媒体の瞬き

夕べには解く荷をまとめ金木犀

横顔の絵札一枚後の月

書の上に置かねば檸檬そのままに

嗅いでみる渋谷固有種のきのこ

茸狩いつしか人を探し出す

露けしや阿修羅に腕とられたる

霧深し勝手にピアノ鳴り出しぬ
ひとつずつ食器を拭いて秋深し
倒れたる木の下敷きの木の実かな
倒木の足下あらわ四十雀
水平に画鋲を押して冬始め
枯蟷螂腹ひとすじのうすみどり
だんだんと吹き寄せられて鴨のこえ
なかぞらのもう光らない鵙の贄
離宮跡しばしにぎやか朴落葉
帯留を雪子に選ぶ小春かな

海鼠桶かっと双眸みひらいて
むささびに出会い機嫌を直しけり
銅板の腐食は冬の聖痕に
皇后の真青な上衣古暦
葉牡丹はすこし遠くへ行っただけ
持ってゆけごまめ棒鱈八頭
梟は何も知らないかもしれぬ
長時間露光鯨の裏返る
薄氷や山河確かにずれていた
蛤の第一段をひもときぬ

# 日にち薬

仲田陽子

木枯は微かに錆の匂いして

鉄柵の窓を冬日の満ちている

原作に登場しない冬林檎

極月の時計回りに観覧車

裸木に囲まれている時計台

会場の外まで聖歌届きけり

数え日のきゅっと発泡スチロール

初売りのペットショップの犬の舌

底冷えを閉じ込めてある飴細工

三寒四温素うどんに七味ふる

白鳥は研究室に匿われ

湖の汀に黒き焚火あと

梅三分茅舎の筆跡の丸み

つばくらめ試し書きする紙の裏

みずうみの青とも違う揚雲雀

人影と人影重ね土筆摘む

誰かから抜けたる羽毛水温む

貝寄風やこけし大中小並べ

ワゴン車の定員満たし潮干狩

叡山が終点のバス柳絮とぶ

近江富士とぅるんと春満月を産み

養花天それほど痛くない注射

風船や声に力の入らぬ子

妙薬はほのかに甘し落し角

交番の前に巣箱を掛けておく

蝶の昼マイセン人形の微笑

洋館の裏はモルタル花は葉に

回覧板さ さる木香薔薇の家

乗り継ぎの人の足音今朝の夏

ワイシャツに胸板のある薄暑かな

夏風邪やうっすら栞紐のあと
瞳孔の暗さとおなじ夏の沼
浮島が群生地なり若葉雨
箱庭に湖の匂いのしてきたる
桐の花日にち薬のよく効いて
大粒にはじまる驟雨楸邨忌
約束の語尾の曖昧合歓の花
円卓に冷やし中華の二人前
歩きたがらぬ八月の影法師
かなかなや他人の住んでいる生家

つま先のかたちよく似て盆の風

ジグザグに裁ち目をかがる鵙日和

トルソーをすべて乾拭き秋うらら

知り合って間もなき人の青みかん

秋の川平らな石を手渡され

颱風の生るる天蓋付きベッド

恋人は指に赤蜻蛉灯す

新酒酌む隣の人の左利き

境界に別の茸の出てきたる

花すすき摘まめば騙し舟の端

# 歯車

——中田美子

冬の塵能舞台より舞い落ちる

レクサスの男捕まる初映画

冬空に梯子を掛ける料理人

雪舞つて杉の形に魚の骨

如月の水より薄き弦の音

奥の間に緑のガラス春隣

春の水筋膜少し伸ばしたる

法螺吹いて春三日月の天頂に

すべりひゆ岬の端に竜の骨

ロールスロイスファントムゴースト桜咲く

葉桜に骨の模型の揺れ始む

躑躅咲く大陥没の穴のそば

回収は不可能となり夜の桜

肋骨の等間隔に鯉幟

関数の輝いている夏の海

水底に浄瑠璃人形梅雨の月

更衣して首長族の首飾り

蝸牛動く街中に水の膜

紙箱を載せて前進夏来る

尾長鶏飛んで一周梅雨晴間

透きとおる素肌の向こう夏木立

須磨別宅陶枕にアラビア模様

蚊遣火の骨の近くにある気配

老紳士来て露草の解体図

大向日葵火あぶりを見た人はない

羽抜鳥工事現場に降り立てり

手花火を大きな人と選びけり

夏の日のアイソトープ実験室まで歩く

ピーマンに南南西の風の吹く

朝顔の日ごとに町を埋め尽くす

青葡萄男三人並びたる

商船のまわりの水母動き出す

蓮池に礼装の人現れる

邯鄲のひときわ光る石のそば

藍色の玉沈めたる秋の水

無花果や囚われてゆく第五編

鰯雲こんなところに川の石

秋の水王の墳墓を取り囲む

狗尾草園遊会の前に消え

鈴虫のいつも答えている声音

ロールシャッハ第三図版海月浮く
子規の忌の蒟蒻切つて捩じりけり
芒原熊の玩具を置き去りに
自衛隊駐屯地前木の実降る
ふわふわの猫と歩けば秋の空
鷹肩に乗せだまし絵美術展
鱶の海ロシアより荷の届きたる
寒卵長き呪文でゆで上げる
歯車の押し出す空気去年今年
冬青空山高帽の浮きあがる

# 亀と鴨

岡田由季

田水張る黒目大きな鳥のゐて

潮風の腹に重たし鯉幟

鉄線花バットの芯に当たる音

羽蟻飛ぶ引越の夜のダンボール

行々子その鳴き方は摩耗する

万緑の縁を掴みし河童の手

蚊喰鳥空と町との間より

振付のおさらひ合歓の花の下

雀来る昼寝の深きところまで

仏桑花鸚鵡の妬心育ちをり

六地蔵全て目瞑り日の盛

夕立後の空に惑星探しをり

扇風機言葉通じぬ美青年

泳ぐなり有給休暇二日間

大人から大人へ飛ばす水鉄砲

蜩や帽子のゴムの伸び切つて

椿の実のせてだんだん手の湿る

野分あと出来たての本並びをり

石榴割れ油絵の具の匂ふ部屋

駅舎にて見せあつてゐる茸かな

丸呑みといふ生き方や白芙蓉

陸封の魚光りあふ白露かな

秋黴雨魚眼レンズに地平線

朝顔の種採つてゐる管理人

タクシーの来るまで霧に包まるる

すずろ寒身につけてゐる鍵と石

新旧の町長握手稲の秋

大回り先回りして秋祭

黒葡萄ネフェルティティの子の名前

十年後また集まりし茸山

捨て靴の十ほどありぬ菊日和
歌姫へ磨いて渡す冬林檎
亀と鴨ひとつの岩にゐる日向
母国語の渦の中なる酉の市
神無月箸でつまみし豆の艶
梟の声を親族席に聞く
極月の壇上に立つハイヒール
咳ひとつ古代エジプト展示室
押入れの好きな末っ子クリスマス
採血をじつと見つめる雪催

雪質のだんだん変はるヒマラヤ杉

湯豆腐を食ふたび同じことを言ふ

笹鳴や光の粒の見えてくる

春眠の祝詞の口のうごきかな

あたたかな住宅相談会の雨

海市より持ち帰りたる頭痛かな

雛納めして市松の残りをり

ふらここの双子静かに入れ替はる

ものの芽や甲冑の洒落競ひあふ

鳥の巣に帰り大きく見える鳥

# あとがき

台風が通過した次の日、痛々しいくらいに晴れ渡った空を見ながら考えた。人は、空が青いから俳句を書くのか、俳句を書くからあんなに空が青いと思うのか。そんなことを考えるなんて不自然なことだと思われるかもしれない。でも、野生の動物たちは空が青いとか夕日が美しいとか思ったりはしない。そういうのは、もともと不自然といえば不自然なことなのだ。そう思うと、なんだか空が、よりいっそう青くなったような気がするのだった。

小さな俳句の集まりで作品集を出してから一年。皆が自分のやり方で世界と対峙し、今年も五〇句をまとめることになった。この一冊で、それぞれの青い空を届けることができていれば、嬉しいと思う。

中田美子

**執筆者**

小林かんな　〒564-0072　大阪府吹田市出口町9-8-303

仲田陽子　〒602-8449　京都市上京区智恵光院通元誓願寺上る横大宮町196

中田美子　〒530-0014　大阪市北区鶴野町3-9-610

岡田由季　〒598-0007　大阪府泉佐野市上町1-8-14-4 津村方

Υ　ユプシロン　第2号

---

発行日　2019年11月1日

発行所　Υ（ユプシロン）
〒530-0014
大阪市北区鶴野町3-9-610　中田美子方

制作 リトルズ